있는 그대로 사랑스러운

_____ 에게

고민의 발견

고민의 발견

MY FIRST DIARY BOOK

줄리 앤 유지

이콘

차례

고민의 발견 사용 설명서

그 어느 때보다 스스로 선택할 수 있는 폭이 넓고, 맘껏 꿈꿀 수 있는 시대라고 합니다. 하지만 너무 많은 선택지와 가능성의 홍수에 빠져 허우적거리기 일쑤죠. 만족스럽지 않은 일상 속에서 딱히 무엇이 문제인지 모른 채 매일 반복되는 하루를 보내며 '불금'만 기다립니다.

매일이 '어제와 같은 오늘'인데 미래라고 다를 수 있을까요? 사실 변화는 거창한 것이 아니라 같은 생활의 반복 속에서도 변화를 꾀하려는 아주 작은 노력에서부터 시작합니다. 지금 당장 할 수 있는 것부터 시작하세요. 줄리와 유지도 평범한 일상을 끄적거리는 것에서 해답을 찾았답니다.

이 책은 고민, 행복, 나, 꿈 이렇게 네 가지 키워드로 구성되어 있습니다. 첫번째 파트부터 기록해나가도 좋고, 마음이 끌리는 파트 먼저 시작해도 좋아요. 아무 페이지나 펼쳐서 나오는 것부터 써도 좋고요. 가장 중요한 것은 지금 당장! 직접 써보는 것입니다. 가장 마음에 드는 펜을 고르는 것도 잊지 마세요.

각 장에는 줄리 앤 유지의 인생담이 담겨 있습니다. 빈칸은 여러분이 직접 써 보는 공간입니다.

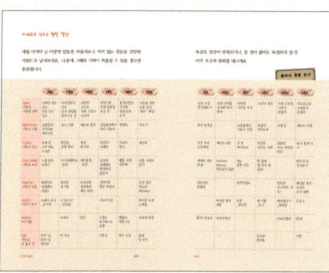

매월 마지막 날, 한 달을 되돌아보는 장입니다. 일 년 열두 달을 모두 채우면 얼마나 뿌듯한지! 연말정산 보너스보다 더 값진 나만의 히스토리가 됩니다.

마음을 위로해주는 '토마'의 일러스트가 함께합니다. 컬러링을 할 수도 있어요!

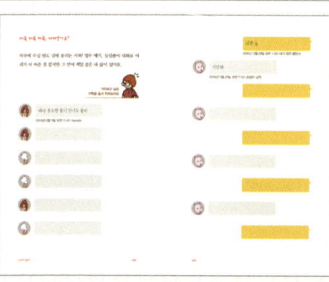

『고민의 발견』을 써내려가다가 문득 공유하고 싶은 이야기가 있다면 인스타그램에 #고민의발견 또는 #예뻐짐그램으로 태그하여 올려주세요. 줄리와 유지가 조용히 찾아가 응원해드리겠습니다.

PART 01

고민 노트

AGONY: 먼지 쌓인 서랍 속의 나를 마주하기

여전히 계속 고민하는지

어떤 결정을 하는 데 오래 고민하는 사람은
오히려 고민하지 않는 사람이라고 해요.

빠른 의사 결정과 분명한 태도를 지닌 사람,
그 사람이야말로 깊이 고민한 사람이래요.

하루에 잠깐이라도 다른 일은 접어두고
오직 나 자신만을 위한 시간을 가져볼까요?

고민 분석 수칙!

1. 모든 사실을 수집하기
2. 모든 사실의 장단점을 살펴보기
3. 결정한 후엔 자신 있게 행동하기
4. 행동 후, 고민이 무엇이었나 되돌아보기

이런 과정을 따르다보면 혼자 끙끙대던 고민이 무엇이었는지 기억도
나지 않게 될 거예요. 대신 고민이 있던 자리에 훌쩍 성장한 나를 만
날 수 있답니다.

어려운 선택에 놓였을 때

'누군가 내 인생의 정답을 알려줬으면…' '엄마한테 물어볼까' '용하다는 곳에 가서 사주를 볼까' 고민하며 아까운 시간을 낭비하지 마세요! 모든 가능성을 열어두고 장단점 먼저 써봅시다.

줄리의 고민

높은 경쟁률을 뚫고 아일랜드 워킹 홀리데이에 추가 합격된 기쁨도 잠시. 한국 나이 33살, 나이 제한에 딱 걸려서 생일 지나기 전에 출국해야 한단다. 간다고 해도 1년 후에는 돌아와야 하는데 어린 나이가 아니라 무작정 떠날 수도 없다. 제2의 인생을 위한 마지막 기회를 포기해야만 하나? 나중에 후회하지는 않을까? 생일이 가까워질수록 초조하다. 비행기 티켓을 끊어야 할까, 말아야 할까?

장점	단점
영어를 마스터할 수 있다	어린 나이가 아니라…
눈치 안 보고 알바할 수 있다	아빠 환갑잔치에 내가 없다?
지금 일을 때려치울 수 있다!	돌아와서 취업이 어렵다
독립! 생각만 해도 신나	외로워서 아무나 만나면 어쩌지
새로운 친구를 사귈 수 있다	힘들어도 이를 악물고 버텨야 한다
재미있는 도전	한국에 돌아오면 적응이 안될 수도!
온전히 나만을 위한 시간	향수병…
내 뜻대로 살아볼 수 있는 기회	아일랜드 발음은 너무 독특해
저렴한 비용으로 골프, 테니스를 배울 수 있다	경제적으로 여유가 없다
가서 운동 열심히 해보기	운동은 지금이라도 열심히 하면 되지

줄리처럼 우선순위에 상관없이, 생각나는 대로 적어보세요.
솔직하게 쓰는 것이 포인트랍니다!

장점	단점

막상 쓰려고 하면 부정적인 생각만 날 수도 있어요.

그런 현상은 '새가 내 머리 위로 지나가듯 자연스러운 일'이니 너무 걱정하지 말아요. 우리는 그 새가 머리 위에 앉지 않도록 할 수 있으니까요. 파이팅!

장점	단점

쓰다보면 '난 속물이었나?'라는 생각이 들 수도 있고, 생각보다 쓸 말이 없어서 당황스러울 수도 있어요. 그것 또한 나를 알아가는 과정입니다. 그 과정에 뛰어든 용기 있는 나를 칭찬해주세요! 솔직한 기록은 앞으로도 큰 재산이 되어줄 겁니다.

난 속물?!

누군가에게 할말이 있을 때

애인, 친구, 선배, 직장 동료, 부모님, 주변 사람들에게 하고 싶은 말이 있는데 실제로 전달하기 어렵다면, 먼저 여기에 적어보세요.

> To. 남친
> 네가 자꾸 내 팔자걸음 지적하는 거 맘에 안 들어!
> 직립보행하라고 자꾸 장난치는데, 듣다보니 짜증 지대로다. 그게 여친한테 할 소리인지 모르겠다. 머리부터 발끝까지 예쁨 받고 또 예뻐 보여야 할 시기에 그런 소리 들으니까 자존감도 낮아지고 정말 싫다. 날 좋아하기는 하는 걸까? 마음이 힘들고 불편해.

내가 이렇게 말하면,
너는 아마 이렇게 말하겠지…

> 남친의 반응
> 좋아하니까 만나지. 나는 네가 내 연인이자 베프라고 생각해. 그래서 편하게 장난친 거였어. 그리고 자기야, 섭섭한 거 있으면 혼자 끙끙대지 말고 다 말해줬으면 좋겠어.

To. _____

생각이 좀 정리됐나요?

내가 이렇게 말하면 상대방은 어떻게 반응할까요?

_____의 반응

가까운 사람, 소중한 사람일수록 서운한 감정을 말하기 전에 혼자
생각해보는 시간을 갖는 것이 좋아요.

당장은 하기 힘든 말, 적어보니 어떤가요?

부정적인 생각이 엄습할 때

이런 날도, 저런 날도 있다.
하지만 부정적인 생각이 마음속에서 소용돌이치는, 그런 날에는…

1. 비타민 챙겨 먹기

2. 달콤한 핫초코

3. 근무시간에 잠깐 여유 부리며 컬러링하기

4. 어쩌면 날씨 탓?!

5. 혹시 그 날(!)이 다가오는 건 아닌지 체크하기

6. 퇴근길 꽃집에 들러 나에게 꽃 선물하기

7. 걸그룹 댄스 따라 하기

8. 땀나게 운동하고 쓰러져 잠들기

1.
2.
3.
4.
5.
6.
7.
8.
9.
10.

내가 싫어하는 것들

좋은 것만큼 싫은 것도 참 많은 세상! 아무리 긍정적으로 생각하려 해도 참을 수 없는 순간, 사람, 행동들이 있죠. 혹시 오늘 그런 순간 이 있었다면 어떤 사람, 어떤 행동 때문에 힘들었나요?

이것만은 제발…

큰 소리로 말하는 것 ▸▸▸ 작은 소리가 더 잘 들리거든요

자기가 한다고 했으면서 슬쩍 일 떠밀기 ▸▸▸ 설명이라도 해주면 양반

내 의견은 묻지도 않고 결정하고, 시키는 것 ▸▸▸ 그냥 네가 하세요

거짓말 ▸▸▸ 신뢰가 무너져요

퇴근 시간에 급한 업무가 있다며 붙잡는 것 ▸▸▸ 머리에 들어올 리 있나요

회식을 당일 통보하는 것 ▸▸▸ 오 마이 갓!

어떤 일에 대해 침묵하는 것 ▸▸▸ 결국은 속이는 일

내가 싫어하는 것을 알면 그 상황을 지혜롭게 피해갈 수 있어요. 참
쉽죠?

화내도 괜찮아

어쩌면 우리는 감정을 숨기는 데 탁월한 전문가일지도 모릅니다. 감정을 그대로 드러내면 성숙하지 못한 사람으로 여겨지는 분위기 때문이죠. 그래서인지 불편하고 화가 나도 참는 경우가 많은데, 이렇게 부정적인 감정을 숨기다보면 긍정적인 감정을 느끼는 감각도 무뎌진다고 해요.

나를 갉아먹는 묵은 감정들이 있다면, 여기에 다 적어봐요.

화병 나기 전에!

내 마음은 무슨 색?

손가락의 지문이 사람마다 다르듯 우리는 각자 고유한 특성과 기질을 갖고 있습니다. 하지만 사회에서 진짜 내 모습을 표현하기란 쉽지 않죠. 심지어 진짜 내 취향이 무엇인지 알기가 더 어려울 때도 있습니다.

수시로 변하는 상황에 따라 그에 맞는 가면만 쓰고 살다보니, 나의 진짜 얼굴은 어떻게 생겼는지 잊고 맙니다. 빨간 가면, 노란 가면, 파란 가면을 바꿔가며 쓰다보면 결국 모든 색깔이 합쳐진 '검은 가면'만 남게 되는 거죠.

검은 가면은 두려움, 분노, 짜증, 화를 남몰래 숨길 수 있게 해주지만 기쁨, 행복감, 놀라움 같은 감정도 제대로 표출하지 못하게 합니다.

오늘 화가 났다면, 그냥 넘어가지 마세요.
왜, 무엇 때문에 화가 났는지 꼭 살피고 지혜롭게 풀어가세요.

마음을 정화하는 컬러링 시간

스마일을 색칠해봅시다.

어느새 입가에 미소를 띠고 있는 자신을 발견하게 될 거예요.

아주 잠깐이라도 무념무상에 빠져보세요

용기 내 도전했는데, 생각과는 다르더라

'그 일'만 하면 정말 행복할 줄 알았는데… 실제로 해보니 생각과는
너무나 다른 것들이 많아요.

> 사표 내고 여행 다녀오면 좋을 줄 알았는데 순간의 즐거움과 홀가분
> 함은 그리 오래가지 않았다. 여행 후 평소 관심 있었던 것을 배워서
> 새롭게 시작하려고 했는데 막상 해보니 적성에 맞지 않더라…

원하던 일을 시작했는데 생각과는 다르게 힘든 점이 있었나요?
상상하는 것과 실제로 경험하는 것의 차이는 무엇일까요?

봉사활동 후 뿌듯하고 행복한 마음을 기대했는데, 체력이 달려서 힘든 마음이 더 컸다. 나 스스로가 강해져야 남도 도울 수 있다는 것을 깨달은 순간.

성공의 겉모습만큼 성공하는 것은 없다

크리스토퍼 래쉬 Christopher Lasch

아마도 자의식 과잉

'스스로를 사랑하는 것' '나 자신을 지키는 것'은 좋지만 지나치게 내 생각만 하다보면 '자기만족' '자기기만'에 빠져 진짜 문제를 지나쳐버릴 때가 있어요. 그건 세상에 대한 예의가 아니에요.

남들에겐 말 못했지만,
내가 실수하고 잘못한 순간들이 있나요?

"내가 그거 해봐서 아는데 말이지…"
새로운 도전을 시작하는 친구에게
마치 내 경험이 전부인 양 설교를 해버리고 말았다

우리가 잘못된 길에 빠지는 건 뭔가를 몰라서가 아니라
안다고 확신하기 때문이다

마크 트웨인Mark Twain

손해보는 기분이었지만 그렇게 하길 잘했어!

2보전진을 위한 1보후퇴! 자기 주장이 분명하고 똑 부러지는 것이 미덕이라지만, 때로는 부드럽게 한발 물러나는 것이 강함을 이길 때도 있어요.

그렇게 하길 잘했어!

내 잘못은 잘도 지적하면서 본인 잘못은 그냥 넘어가는 회사 선배!

분했지만 나는 똑같이 지적질하지 않고 잘 넘겼다. 나는 대견해!

대신 여기에 적어놔야지! Blah Blah Blah···

아빠에게 대들고 싶었지만 "알았어요" 하고 대답했다.

가정의 평화를 지킨 기분이다.

세상일이란 게 때로는 내 맘 같지 않게 흘러가기 마련입니다. 마음 한구석이 불편했던 일도 차분히 써내려가보니 별일 아니게 느껴지지 않나요?

오늘 안 한 것들

다이어리에 빼곡히 적힌 계획들. 안 했나요? 못 했나요? 오늘도 미뤘나요? 괜찮아요. 여기에 적고 죄책감을 내려놓읍시다. 안 했다고 걱정부터 하지 말기! 시작이 반이니 적었으면 된 거예요.

1. 친구와 함께 보기로 한 영화 예매

2. 영어 공부 하루에 한 시간

3. 피곤하다는 이유로 운동하러 안 갔다

4. 괜찮은 적금 상품 보러 은행 들르기

5. 하루 30분 책 읽기

6. 커피 대신 마실 차 구입

7. 핸드폰 사진첩 정리

내일로 미룰 수 있는 일은
오늘 하지 말아라
나소 시니어 Nassau William Senior

1.

2.

3.

4.

5.

6.

7.

8.

9.

10.

오히려 안 해서 잘되는 것들도 있을 테니 두고 보시라.

안 해서 잘 했다!

이렇게 나만의 속도를 인정하고 스스로 칭찬해보세요. 나를 사랑할
수록 일도 술술 풀립니다.

오늘은 방 정리의 날

한번에 다 치울 순 없어요. 복잡한 마음을 잠시 내려놓고 조금씩 정리하다보면, 방이 깨끗해지는 것만큼 내 머릿속도 말끔해집니다. 책상 서랍을 열었다가 잊고 있었던 지난날의 영수증, 영화 티켓, 여행 사진들을 만나면 잠시 추억에 잠겨도 좋아요.

버려도 버려도, 버리고 싶어도 끝내 버릴 수 없는 추억이 있다면 여기에 간직하세요. 시간이 흐르면 버릴 수 있는 날이 옵니다.

내 꺼인 듯 내 꺼 아닌 내 꺼 같은 그

'썸' 타고 있을 때는 하루종일 휴대폰에 온 신경이 다 쏠리게 돼요! 썸의 최적 기간은 2주라고 하는데...

썸남은 누구인가?
▶ ▶ ▶

첫 만남은 언제, 어디서?
▶ ▶ ▶

첫인상은? 그의 어떤 점에 끌렸나?
▶ ▶ ▶

왜 관계를 진전시키고 싶은가?
▶ ▶ ▶

썸이 인연으로 발전했다면, 그 비결은?
▶ ▶ ▶

썸이 썸으로 끝났다면, 그 이유는?
▶ ▶ ▶

나 자신을 잃을 정도의 매력남은 정중히 사양하겠어요!

절대로 좋아하지 않을 거라고 결심했을 때는
이미 신경이 쓰이기 시작했다
마스다 미리, 『나는 사랑을 하고 있어』 中

사랑은 교통사고 같은 것

내가 당한 사고 경위서를 적어보세요.

사고 경위 보고서

사고 내용	사고 일시	년 월 일
	사고 장소	
사고자	소속	
	성명	

사고 세부 내용

사고 원인

대책/처리

위와 같이 사고 경위 보고서를 제출합니다.

년   월   일

보고자   (서명)

한 사람을 사랑한다는 것은
그 사람의 출생에 대해
그 사람보다 '내'가 더 깊은 의미를
부여하게 된다는 것이다

이광호 『사랑의 미래』 中

사랑해도 힘들고, 안 해도 힘들고

사랑, 그 놈…때문에 우울의 늪에 빠지기 직전이라면 당장 자신을 위한 처방을 내리세요!

사랑 때문에
가슴 아픈 줄리와 유지의
특급 처방전

12mm 길이의 속눈썹 붙이기

성시경 노래 듣기

아무것도 생각하지 않고 멍 때리기

요가 하기

슬픈 영화 보고 울기

하루종일 핸드폰 꺼두기

가장 좋아하는 향으로 목욕하기

산책하기

길고양이 간식 챙겨주기

노래방 가기

사랑 때문에
가슴 아픈 나를 위한
특급 처방전

참 많이 울었다고 털어놓는 친구는

"눈물 때문에 피부가 뒤집어졌어. 눈물은 정말 짠가 봐."라고 말했어

요. 우리 어서 행복해집시다!

전국 고민 자랑! 나의 고민 리스트

❀ 생각나는 대로 다 적어보기 ❀

페이지를 넘기면 고민들도
스르륵 사라질 거야!

키워드로 만드는 월말 결산

매월 마지막 날 이달의 일들을 떠올려보고 의미 있는 것들을 간단한
키워드로 남겨보세요. 나중에 그때의 기억을 떠올릴 수 있을 정도면
충분합니다.

	JAN	FEB	MAR	APR	MAY	JUN
IDEA 이달의 기특한 생각	어려운 날도 있고 쉬운 날도 있고	자아실현이 아닌 신의 영광을 알아가는 것	산만한 고민은 진짜 고민이 아니다	사랑이란 신의 얼굴을 보는 것	들썩거림은 어쩌면 열등감의 조각	가족을 위한 소통 공간 '밴드' 개설!
SHOPPING 이달의 지출	임플란트/ 아이허브 개미지옥	뮤직 어플	헤드폰 할부	워킹홀리데이 비자 서류비	병원비	장보기
PLACE 이달의 장소	홍대 앞 수다 떠는 도서관	합정동 호텔 런치	통영 밤기차	후암동/ 이태원	여의도 한강	계산동
CHALLENGE 이달의 도전	느린 말투 고치기	사이버대학교 -못함	제자훈련 -못함	도전에 실패해도 좌절하지 않았다	웹툰 미생 정주행	바른 자세로 앉기
PEOPLE 이달의 인물	베네딕트 컴버배치 (셜록)	한남동 동기들	유아인과 김희애의 케미 폭발!	성택이와 한강 자전거		독일 친구 마누와 데이비드
MUSIC 이달의 음악	노래가 되어 _성시경	나 돌아가 _임정희		이소라 8집		데이빗 보위 노래들
MEDIA 이달의 TV/영화		마세코	밀회	그랜드 부다페스트 호텔	괜찮아, 사랑이야	연애의 발견
BAD 이달의 안 좋은 일	회사-집 회사-집 쳇바퀴	차 사고		인후염	엄마 입원	올해 첫 감기

똑같은 일상이 반복되거나, 쓸 것이 없어도 좌절하지 말기!
아주 조금씩 변화할 테니까요.

줄리의 월말 결산

JUL	AUG	SEP	OCT	NOV	DEC
교회 모임 참석해보기	나의 선의를 보이려 하지 말라	나에게 시간을 주기	고양이 임보	이제 도망칠 시간이 되었다	외로움보다 그리움이 문제다
학비 등록금		쇼핑몰에서 지름신 강림	타임지 정기구독	미용실	제주도 여행
인천 북부 고용센터	계산도서관	집 앞 1902커피	후암동 나리노 카페	광화문 10km 마라톤 완주	파주출판도시
세계사 연표 완성!	Decision Making 원서 읽기 성공!	3kg 감량 성공!	한 달에 책 다섯 권 읽음!		핑크색 옷 입어보기
집단상담 은혜샘		망명자걸스		박보람 다이어트 자극~	제니랑 캥미 그리고 송년 예배
	마이클 볼튼 내한	후회 _곽진언	세 사람 _토이	예뻐졌다~! _박보람	토토가
왔다! 장보리	비긴어게인			인터스텔라	펀치!
			친구와 말다툼		이별

051

_____'s AWARDS!

이번 달 당신의 베스트는 무엇인가요? 매월 마지막 날 빈칸을 채우며
한 달을 마무리하는 기념식을 가져봅시다.

	JAN	FEB	MAR	APR	MAY	JUN
IDEA 이달의 기특한 생각						
SHOPPING 이달의 지출						
PLACE 이달의 장소						
CHALLENGE 이달의 도전						
PEOPLE 이달의 인물						
MUSIC 이달의 음악						
MEDIA 이달의 TV/영화						
BAD 이달의 안 좋은 일						

나만 알아볼 수 있는 키워드로 적어도 좋아요!

마지막 줄에는 직접 이달의 베스트 항목을 만들어보세요!

나의 월말 결산

JUL	AUG	SEP	OCT	NOV	DEC

PART 02

행복 노트

HAPPINESS: 입가에 살며시 미소가 지어지는 순간 담아놓기

행복은 어디에 있는 걸까요?

유독 혼자 있기 싫어하고, 낯선 곳에 대한 두려움도 많았던 시절.
어쩌다 외국의 카페에 홀로 앉아 있는 나를 발견했습니다.

커피 한 잔과 케이크를 주문하곤 창밖이 보이는 곳에 앉았어요.
막 찾아온 봄에 조금은 얇아진 옷차림
분주히 지나가는 사람들
카페에서 흘러나오는 기분좋은 음악
문득, 온 세상이 따뜻하게 느껴졌어요.

마음은 가벼워지고 마치 몸이 하늘로 날아오르는
기분까지 들었습니다.
그 순간 느꼈던 감정은,

'아, 정말 행복하다.'

아직도 그날, 그 순간을 잊을 수 없어요.
처음 본 사람들의 모습과 공간을 감싸고 있던 향기까지도요.

내가 자주 하는 말은?

오늘 가장 많이 한 말을 체크해보세요!

갖고 싶다

알겠어요

사실을 알아보자

생각해보자

당연하다고?

슬프다

이젠 좋아요

 부탁해요

섭섭해요

좋아요

틀렸어

~해도 좋을까요?

~하지 않으면 안 돼

그런데 내 의견은,

걱정 마

아직 기다려

나중에 후회할 거야

우아 신난다!

잘 모르겠습니다

　　두고 볼게　　도와주세요

해드릴게요

우울하다　　힘내

기뻐요 　　~해야 해

육하원칙으로 말하기

곤란해

염려 마　　아하!

내가 자주 하는 말은 내 마음을 말해줍니다

<u>핑크색이 많다면</u> ▸▸▸ 완벽함을 추구해 피곤한 날입니다. 유머를 잃지 말아요.

<u>회색이 많다면</u> ▸▸▸ 상대방에게 공감하고 배려를 많이 했군요! 혹시 잦은 배려가 간섭이 되지는 않았는지 잠시 생각해볼까요?

<u>하늘색이 많다면</u> ▸▸▸ 감정에 휘둘리지 않고 이성적인 판단을 한 날입니다. 혹, 나의 냉철함이 누군가에게 불편함을 주지는 않았을까요?

<u>민트색이 많다면</u> ▸▸▸ 할 말 다해서 속이 후련하겠어요. 말하기 전에 심호흡 한번 하고 갈까요?

<u>언보라색이 많다면</u> ▸▸▸ 내 주장과 남의 주장 사이에서 힘든 하루였겠어요. 망설이지 말고 자신 있는 것부터 설득하고 실행해보세요.

<u>핑크색이 적다면</u> ▶▶▶ 하루종일 내 맘대로 하셨군요! 내 맘 편한 것이 최고지만 주변도 한번 살펴보세요.

<u>회색이 적다면</u> ▶▶▶ 남 일에 참견할 일 없이 산뜻하고 담백했겠어요! 하지만 정서적인 교류가 중요하다는 것을 잊지 마세요.

<u>하늘색이 적다면</u> ▶▶▶ 자신의 인간미를 유감없이 발휘했네요. 마음 가는 대로 하는 것도 좋지만 타인에게 너무 의지하지는 않았는지 돌아봅시다.

<u>민트색이 적다면</u> ▶▶▶ 감정을 숨기느라 애쓴 하루였네요. 바로 집으로 가지 말고 번개 약속이라도 잡아 맛있는 음식과 수다로 기분 전환을!

<u>연보라색이 적다면</u> ▶▶▶ 일을 주도적으로 이끌어서 뿌듯한 하루네요. 일을 시작하기 전에 나와 다른 의견도 한번 떠올려보세요. 분명 도움이 될 겁니다.

어떤 말을 많이 했다고 해서 무조건 좋고, 나쁜 것이 아니에요. 상황에 따라 자주 하는 말이 달라지는 것이 자연스러운 일입니다.

오후 4시의 나

분주한 오전을 보내고 꿀 같은 점심시간, 다시 폭풍 업무에 시달리다
정신을 차리면 오후 4시. 나를 위해 잠깐 쉬었다 가세요.

유지는…

회사 동기와 막간을 이용한 티타임!
일 얘기 하다가 자연스럽게 신세한탄으로 이어지는 똑같은 레퍼토리
수다떨 때만 안 졸리다

줄리는…

내 피부를 위해 물을 벌컥벌컥 마셨다

일요일 오후 9시의 나

주말 예능, 주말 드라마 신나게 섭렵하고 개콘이 시작할 무렵 시무룩
해지는 바로 그때!

유지는…

미뤄뒀던 가계부를 정리했다
이번 달 남은 생활비를 확인했더니
자연스럽게 출근 마인드 장착!

줄리는…

친구한테 뭐하냐고 카톡 보냈다
홈쇼핑 보고 있단다, 나돈데…
결국 우리는 맥주 번개를 했다

시작이 좋아!
월요병 극복 프로젝트

이번 주는 어떤 한 주가 될까? 월요일, 피할 수 없다면 나만의 방식
으로 멋지게 즐겨보세요.

1. 일요일 저녁엔 늦어도 11시에는 잠을 청하기

2. 입을 옷과 가방을 미리 챙겨놓기

3. 상큼한 아침 주스 마시기

4. 10분 일찍 가서 나만의 커피 타임 갖기

5. 사람들과 반갑게 인사하기

6. 월요일 점심은 맛있는 거 먹기

7. 무조건 칼퇴!

8. 나 자신과의 약속이라도 좋으니 문화생활 즐기기

웃음벨도 생각하기나름!

매일매일이 Thanks Giving Day!

감사는 일종의 습관이라고 해요. 작은 일에도 감사하는 마음을 가지면 일상의 행운을 감지하는 능력도 생길 거예요.

THANK YOU TABLE
감사의 마음을 듬뿍 담아보세요

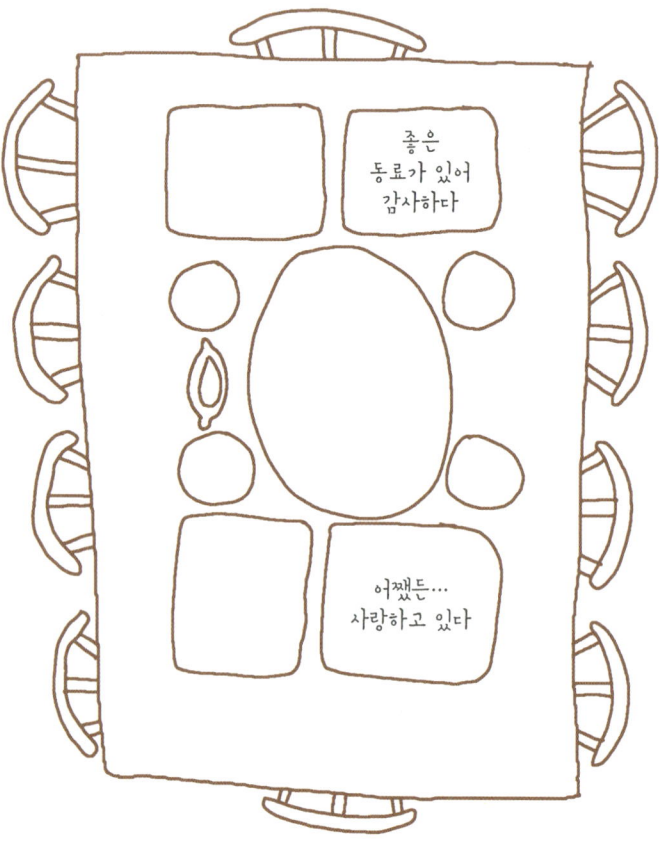

좋은
동료가 있어
감사하다

어쨌든...
사랑하고 있다

'매일 감사 일기를 쓰라'

오프라 윈프리 Oprah Winfrey, 「내가 확실히 아는 것들」中

소장하고 싶은 문장들

책에서, TV에서, 영화에서 스쳐지나가듯 나를 깨우던 말들을 여기
붙잡아두세요.

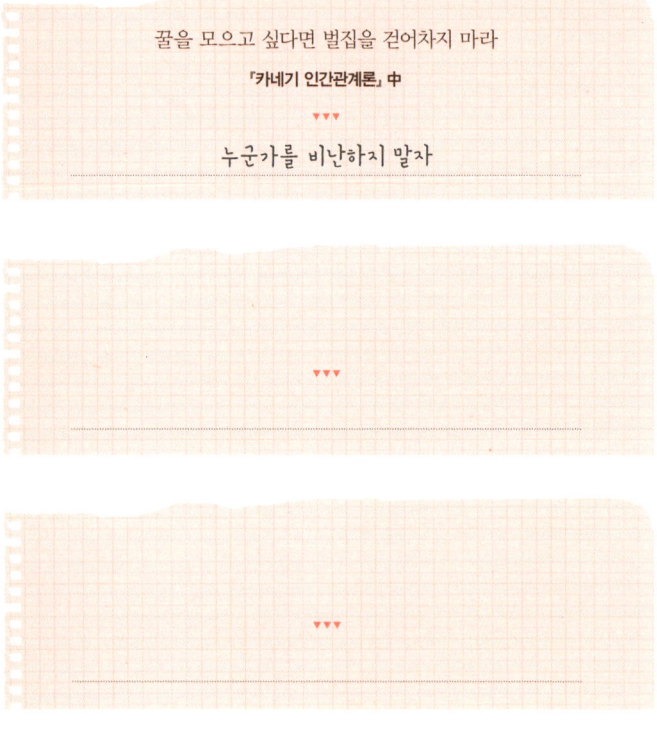

꿀을 모으고 싶다면 벌집을 걷어차지 마라

『카네기 인간관계론』 中

▼▼▼

누군가를 비난하지 말자

▼▼▼

▼▼▼

회사가 전쟁터라고? 밖은…지옥이다

〈미생〉 16화 中

▼▼▼

충동적인 마음 다스리고 현명하게 버티자!

▼▼▼

▼▼▼

왜 이런 문장들이 마음에 남았을까요?

지금 필요한 건 따뜻한 말 한마디인가요, 따끔한 일침인가요.

오늘의 힐링 뉴스

불안을 조장하는 추측 기사, 막장 드라마보다 더한 사건 등 우리는 자극적이고 폭력적인 뉴스에 노출되어 있어요. 흙 속의 진주 같은 착한 뉴스를 모아보세요. 저절로 힐링이 됩니다.

줄리의 착한 뉴스

은퇴하신 교장 선생님이 자발적으로 아이들 등하굣길 지킴이를 했다고 한다. 달려오는 차에 아이들이 위험해지자, 선생님은 몸을 던져 아이들을 살렸고 본인은 중환자실에 입원했다고.

▶▶▶ Comment 선생님이 빨리 쾌유하길 바란다. 그리고 미래에는 나도 선행을 베푸는 할머니가 되고 싶다.

유지의 착한 뉴스

어떤 할머니의 장례식장에 길고양이와 떠돌이 강아지가 찾아왔다는 이야기를 들었다. 할머니는 생전에 거리의 동물들을 보살펴왔다고 한다.

▶▶▶ Comment 동물들은 어떻게 할머니의 장례식장에 찾아왔을까? 사랑은 언제나 기적을 만드는 것 같다.

오늘의 착한 뉴스 # 1

▶▶▶ Comment

오늘의 착한 뉴스 # 2

▶▶▶ Comment

오늘의 착한 뉴스 # 3

▶▶▶ Comment

지금, 여기 나의 시적인 순간

하루가 특별한 것 없이 흘러가는 것 같아도 자세히 보면 매일 달라요. 일상의 한순간을 글로, 그림으로 묘사해보세요. 익숙한 풍경에서 특별한 것을 발견하는 순간은 사람마다 다릅니다. 당신의 시적인 순간은 언제인가요?

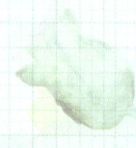

* '나의 시적인 순간'을 기록한 후 사진을 찍어 인스타그램에 #고민의발견 또
는 #예뻐짐그램으로 태그하여 올려주세요. 줄리 앤 유지가 찾아갑니다!

카톡 카톡 카톡, 지겨운가요?

하루에 수십 번도 넘게 울리는 카톡! 업무 얘기, 심심풀이 대화로 머리가 더 아픈 것 같지만 그 안에 깨알 같은 내 삶이 있어요.

기억하고 싶은
카톡을 옮겨 적어보아요

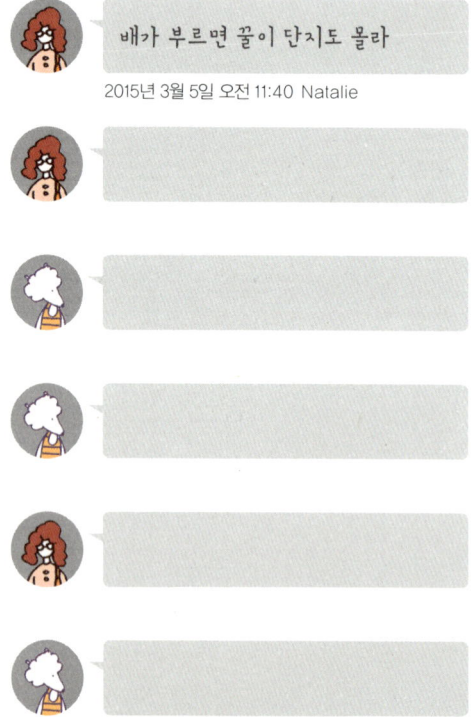

배가 부르면 꿀이 단지도 몰라

2015년 3월 5일 오전 11:40 Natalie

나쁜 놈

2015년 2월 22일 오전 1:00 내가 잠깐 돌았네

미안해

2015년 2월 22일 오전 7:00 순딩이 남친

내 책상 서랍 속의 여행

때로는 기억에 남는 여행의 순간을 다시 떠올리는 것만으로도 족해요.

나의 여행 스타일은?

☐ 누가 뭐래도 혼자 떠나는 게 좋다
☐ 혼자는 싫다. 무조건 둘 이상

가장 좋았던 여행지 베스트3

1.
2.
3.

여행 중 가장 맛있게 먹은 음식은?

여 행 중 가 장 잊 을 수 없 는 순 간 은?

여 행 중 만 났 던 소 중 한 인 연 이 있 나 요?

나 에 게 여 행 이 란?

여행은 낯선 사람이 되었다가
다시 나로 돌아오는 탄력의 게임
은희경, 『안녕 다정한 사람』中

내 생애 최고의 선물

마음이 전해지는 선물은 언제나 큰 감동을 줍니다.

줄리 이야기

루마니아로 고아원 봉사활동을 갔을 때, 한 아이가 저에게 내민 아이스크림을 지금도 잊을 수가 없어요. 아마 그 아이스크림은 아이에게 정말 귀한 것이었을 거예요. 말도 안 통하는 내게 가장 소중한 것을 선뜻 건넨 아이의 마음을 생각하면 아직도 가슴이 먹먹합니다.

유지 이야기

첫 월급으로 부모님께 사드렸던 내복이 생각나요. 평범하기 그지없는 선물이었지만 설레던 마음 그리고 두 분의 행복한 얼굴이 잊히지 않네요.

내가 받았던 가장 기억에 남는 선물은?

▶▶▶

내가 줬던 가장 기억에 남는 선물은?

▶▶▶

지금 내가 주고 싶은 선물은?

▶▶▶

지금 내가 받고 싶은 선물은?

▶▶▶

매력 발산의 시간이 돌아왔어요

겸손이란 이름으로 깊이 숨겨놨던 나의 매력들을 발굴해봅시다!

남들이 말하는 나의 매력

지금까지 들은 말 중 최고의 찬사는?

魅力, appeal, attraction

[명사] 사람의 마음을 사로잡아 끄는 힘

내가 생각하는 나의 매력

이것만은 내가 최고! 내가 잘하는 것은?

엄마가 네게 가르칠 게 딱 하나 있다면,
네 최고의 모습을 찾으라는 거야
그 모습을 찾으면 어떻게든 지켜내고

영화 〈와일드〉 中

남들이 생각 없이 던지는 말일 뿐!

나도 모르게 마음에 맺힌 말들이 나를 갉아먹게 두지 마세요! 무심코 던진 돌에 개구리는 맞아 죽는다지만, 당차게 '반사!'를 외치면 그만입니다.

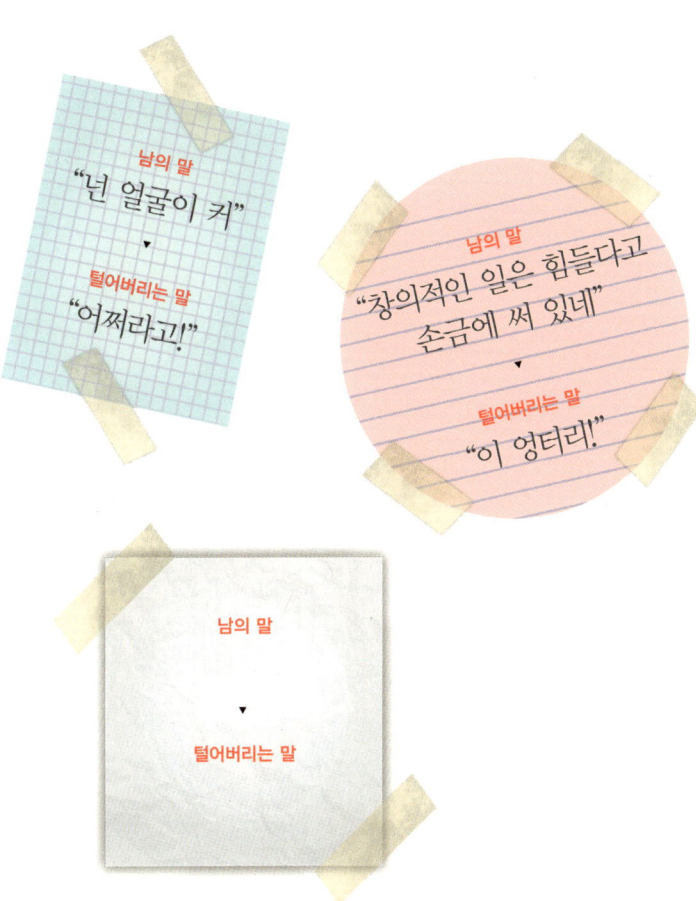

남의 말
"넌 얼굴이 커"
▼
털어버리는 말
"어쩌라고!"

남의 말
"창의적인 일은 힘들다고
손금에 써 있네"
▼
털어버리는 말
"이 엉터리!"

남의 말
▼
털어버리는 말

내가 원하는 내 모습으로

색칠할 수 있어요

쏟수록 몸과 마음이 예뻐지는 집착 일기

누군가에게, 무언가에 맹목적으로 집착하고 있나요? 그 에너지를 나 자신에게 돌려보세요. 그런 열정을 나에게 쏟았다면 지금쯤 당신이 바라던 바로 그 모습으로 살고 있을지도 몰라요.

과거에 집착했던 것들

그의 카톡 답장, SNS 업데이트

연예인, 다정한 모습만 기대했던 것

매일 스쿼트 50회 하기, 쉬운 요리 레시피 따라 해보기

당장 떠나지 않아도 여행 정보 모아놓기

좋은 것만 보고, 듣고, 생각하기

만약 마음속에서
'나는 그림을 못 그려'라는 소리가 들린다면
당신은 반드시 그림을 그려봐야 한다
그리고 그 소리는 이미 사라져 있다

빈센트 반 고흐Vincent van Gogh

몸이 달라지면 인생도 달라져요

일도, 연애도 되는 일이 없다고요? 운동을 시작해보세요. 몸의 변화
는 물론 상상 그 이상의 무언가를 가져다줄 거예요.

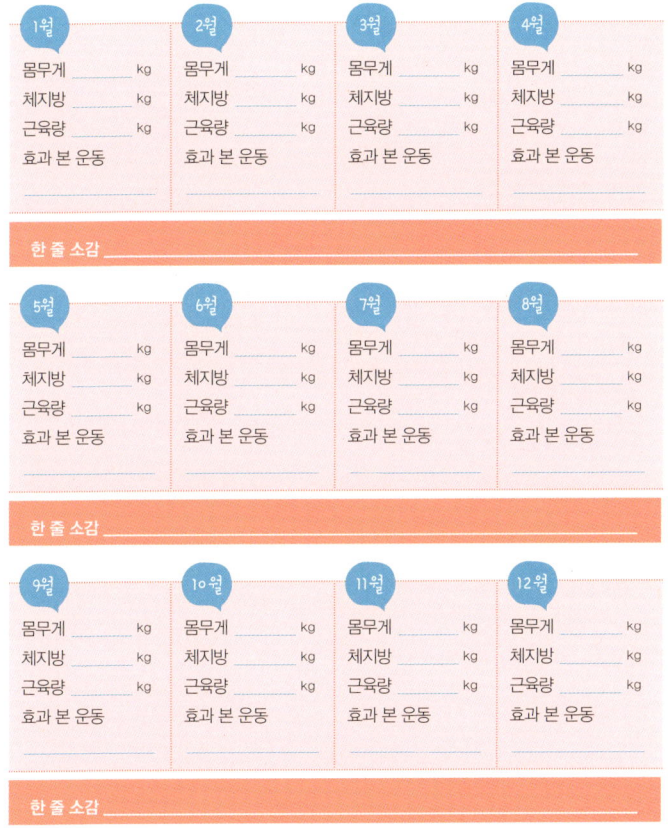

1월	2월	3월	4월
몸무게 _____ kg	몸무게 _____ kg	몸무게 _____ kg	몸무게 _____ kg
체지방 _____ kg	체지방 _____ kg	체지방 _____ kg	체지방 _____ kg
근육량 _____ kg	근육량 _____ kg	근육량 _____ kg	근육량 _____ kg
효과 본 운동	효과 본 운동	효과 본 운동	효과 본 운동

한 줄 소감 _____

5월	6월	7월	8월
몸무게 _____ kg	몸무게 _____ kg	몸무게 _____ kg	몸무게 _____ kg
체지방 _____ kg	체지방 _____ kg	체지방 _____ kg	체지방 _____ kg
근육량 _____ kg	근육량 _____ kg	근육량 _____ kg	근육량 _____ kg
효과 본 운동	효과 본 운동	효과 본 운동	효과 본 운동

한 줄 소감 _____

9월	10월	11월	12월
몸무게 _____ kg	몸무게 _____ kg	몸무게 _____ kg	몸무게 _____ kg
체지방 _____ kg	체지방 _____ kg	체지방 _____ kg	체지방 _____ kg
근육량 _____ kg	근육량 _____ kg	근육량 _____ kg	근육량 _____ kg
효과 본 운동	효과 본 운동	효과 본 운동	효과 본 운동

한 줄 소감 _____

* 인바디 체성분 분석기로 측정하면 몸무게는 물론 체지방, 근육량까지 알 수 있어요.
  가까운 보건소에서 무료로 측정할 수 있으니 활용해보세요!

90kg ——

85kg -

80kg ——

75kg -

70kg ——

65kg -

60kg ——

55kg -

50kg ——

45kg -

40kg ——

35kg -

30kg ——

    1월   2월   3월   4월   5월   6월

고민의 발견

극심한 체중 감량보다는 체중 유지, 조절에
중점을 두고 그래프를 그려보아요~!

7월   8월   9월   10월   11월   12월

내 인생 그래프

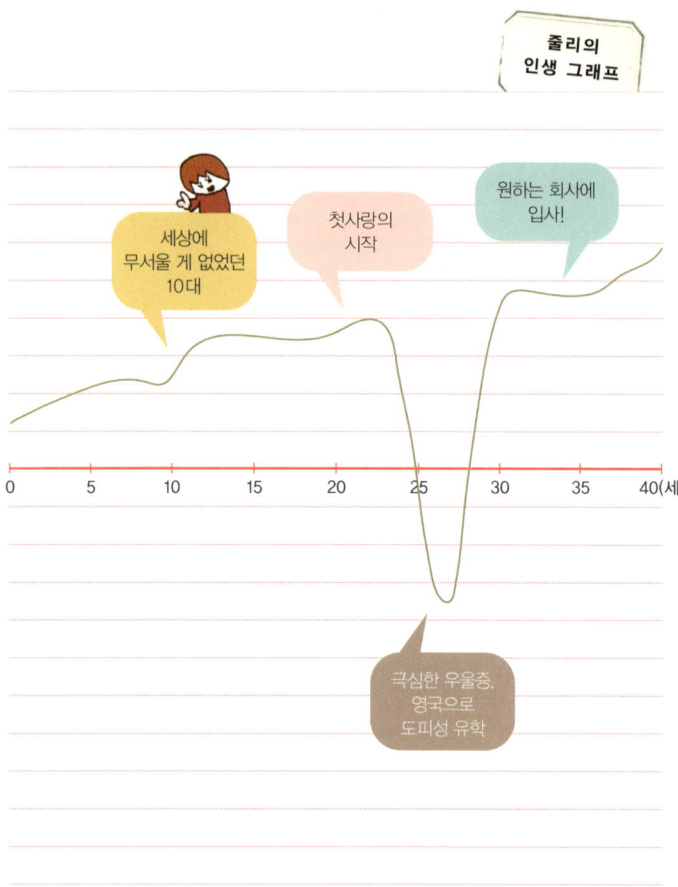

줄리의
인생 그래프

세상에
무서울 게 없었던
10대

첫사랑의
시작

원하는 회사에
입사!

0   5   10   15   20   25   30   35   40(세)

극심한 우울증,
영국으로
도피성 유학

```
0    5    10   15   20   25   30   35   40(세)
```

평범하다고 생각했던 내 삶도 이렇게 굴곡질 줄이야! 역경도 있었지
만 그 안에서 분명히 성장하고 있는 나를 발견할 수 있을 거예요. 친
구와 함께 그려보고 서로 비교해보는 시간도 가져보세요!

외국의 카페에 홀로 앉아 있던 그때로부터

오랜 시간이 흐른 지금,

'행복은 어디에 있는 걸까'라는 생각이 들 때마다 그날이 떠오릅니다.

그렇다고 그날의 행복한 느낌만 되새겨보는 것은 아니에요.

그전까지 내가 행복이라 규정했던 것은

'누군가와 함께 익숙한 공간에 있는 것'이었는데

정작 내가 행복감으로 휩싸였던 순간은

바로 '나 혼자 낯선 공간에 있었을 때'였다는 사실을 돌이켜봅니다.

아마 행복은 우리가 미처 생각지 못한 경로로

전혀 예상하지 못한 순간에 찾아오는 것인가봅니다.

그게 아주 잠깐이라도 말이에요.

행복은 분명히 있습니다.

PART 03

마이 노트

ME: 느리지만 튼튼한 내 생각 키우기

'나' 자신에게 집중했던 시간을 떠올려보면,

초등학교 입학식에서 이름표를 달고 서 있을 때
취업을 준비하며 자기소개서를 미친듯이 쓸 때
사회 초년생이 되어 내가 번 돈으로 나를 꾸미기 시작할 때

그리고,
이별 직후였던 것 같아요.
어쩌면 이별을 감지했던 그 순간부터라고
하는 게 더 맞을 수도 있겠네요.

나의 일부분을 상실한 것 같은데,
무엇으로 채워야 할지 몰라 아무것도 할 수 없었습니다.

그때 지푸라기라도 잡는 심정으로 시작한 것이
매일 30분씩 나 스스로에 대해 생각하는 것이었어요.
그건 또다른 나를 발견하게 했죠.

이제는 나 스스로가 참 사랑스럽다는 생각을 합니다.

'나'를 발견하는 여정에 함께 하실래요?

워밍업! 나는 누구?

01 이름 :

02 별명 :

03 성별 :

04 생년월일 :

05 국적 :

06 나의 보물 1호 :

07 키 :

08 몸무게 :

09 사는 곳 :

10 학교/회사 :

11 취미 :

12 특기 :

13 좋아하는 영화 :

14 좋아하는 책 :

15 좋아하는 음식 :

16 좋아하는 장소 :

17 좋아하는 인물 :

18 장래희망 :

19 좌우명 :

진부한 것 같지만 분명 나에 대해 골똘히 생각하는 시간이 됐을 거 예요.

타인에게 나를 소개하기

다른 사람에게 나를 소개하는 것은 생각보다 쉽지 않아요. 익숙하지 않은 말투를 써야 하니 더 긴장되기 마련이죠. 처음 만나는 사람에게 인상 깊게 나를 소개하는 방법을 연습해봐요.

안녕하세요,

제 이름은   입니다.

저를 한마디로 표현하자면

장점은

단점은

제가 좋아하는 것은

제가 싫어하는 것은

프레임 안에 내 얼굴을 그려보세요
사진을 붙여도 좋습니다

인터뷰 - 다른 사람이 말하는 나

친구나 선후배에게 나에 대해 물어보는 것, 뜬금없지만 생각보다 재밌습니다. 또다른 나를 발견하게 될지도! 그럼 인터뷰를 시작해볼까요?

나에 대해 물어볼 사람들은 누구인가요?

다음과 같이 인터뷰하고 답변을 적어봐요
나의 첫인상은 어땠나요?

나를 떠올리면 생각나는 것은 무엇인가요?

나의 매력 포인트는 무엇인가요?

내게 부족한 부분, 고쳤으면 하는 부분이 있다면 무엇인가요?

더 궁금한 것이 있다면 질문을 더 추가해도 좋아요!

비밀을 가르쳐줄게
아주 간단한 거야
오직 마음으로 보아야 잘 보인다는 거야
가장 중요한 건 눈에 보이지 않아

생텍쥐페리, 『어린 왕자』 中

요즘 무슨 생각해?

무슨 생각으로 사는지 모르겠다면 머릿속을 채워보세요.

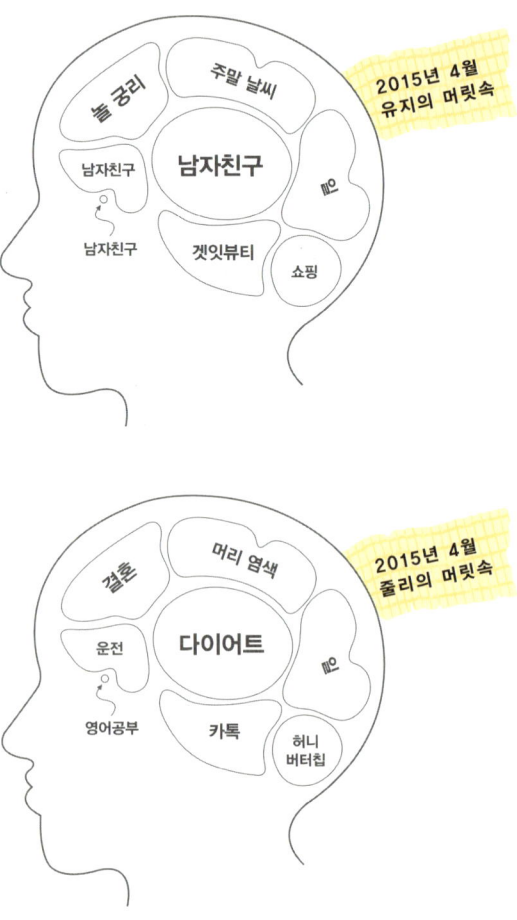

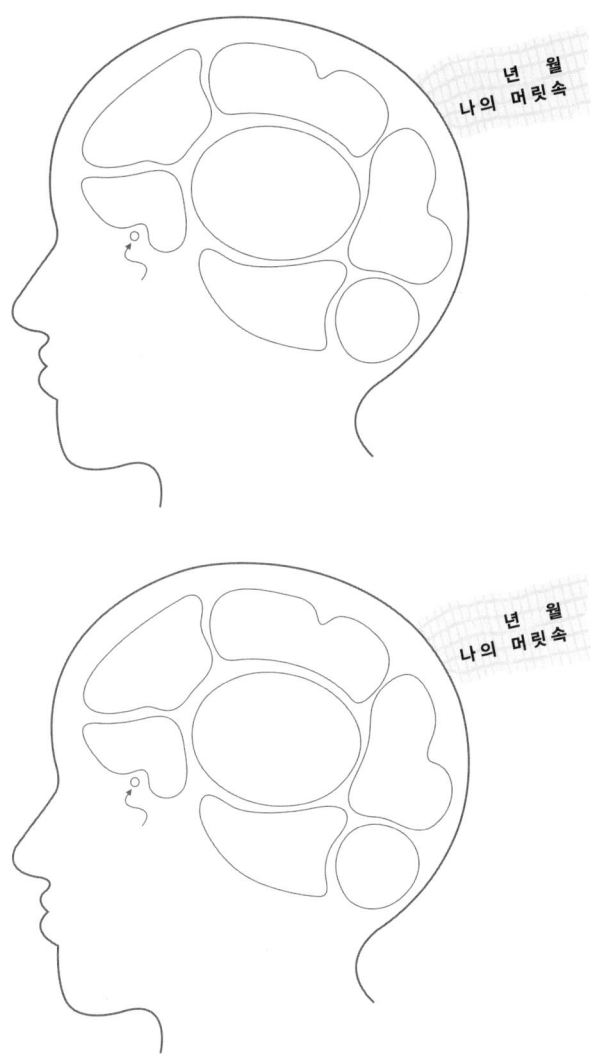

나이, 성별, 재력에 관계없이 누구에게나 공평한 하루 24시간!
이 귀중한 시간을 어떻게 보내고 있나요?

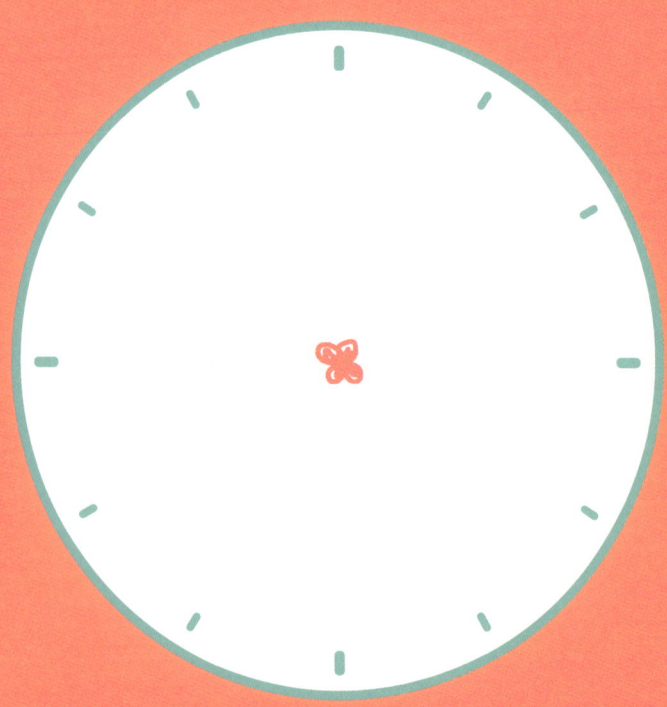

할리우드 스타도 흑역사는 있다

잊고 싶은 과거라고 회피만 한다면 성장할 수 있는 기회를 놓쳐버릴 수도 있어요. 흑역사도 다시 돌아보면 좋은 자극제가 될 수 있답니다.

Episode 1 이제는 웃으며 말할 수 있다!

Episode 2 그땐 그랬지

잊고 싶은 기억과 당당히 마주한 당신은 대인배!

전 초록 지붕에 온 뒤로부터 많은 실수를 저질렀는데
그 실수들은 저의 큰 단점을 고치게 해줬어요

〈빨간 머리 앤〉 中

과거의 나 VS 지금의 나

타임머신에 탑승하신 걸 환영합니다!

Q. 과거의 나와 지금의 나는 매우 다르다

□ YES   □ NO

YES를 선택했다면, 어느 부분이 다르다고 생각하는가?

▶▶▶
_____

_____

_____

_____

_____

_____

Q. 과거로 돌아갈 수 있다면 돌아가고 싶다

□ YES   □ NO

YES를 선택했다면 다음 페이지 2번 문항으로▶▶▶
NO를 선택했다면 다음 페이지 1번 문항으로▶▶▶

1. 과거로 돌아가고 싶지 않은 이유는?

▶▶▶

지금의 나를 있게 한 최고의 선택은?

▶▶▶

2. 과거로 돌아가고 싶은 이유는?

▶▶▶

지금 생각해도 후회되는 선택은?

▶▶▶

나쁜 기억은 행복의 홍수 밑으로 보내버려

수도꼭지를 트는 일은 네 몫이란다

영화 〈마담 프루스트의 비밀정원〉 中

어제보다 오늘 더 예쁜 나!

My Fashion

오늘 무슨 옷을 입었나요?

▶

나의 장점을 살려주는 아이템은?

▶

나에게 어울리는 컬러는?

▶

꼭 한번 시도하고픈 패션 스타일은?

▶

닮고 싶은 패션 롤모델은?

▶

My Beauty

내 피부톤&피부 타입은?

▶

몇 통째 비우고 있는 완소 제품은?

▶

아름다움을 한껏 끌어올리는 나만의 뷰티 노하우는?

▶

요즘 가장 관심이 가는 뷰티 아이템은?

▶

죽기 전에 해보고 싶은 헤어 스타일은?

▶

나는 부자가 될 수 있을까?

숨만 쉬어도 돈이 빠져나갈 것 같은 요즘! 당신의 경제관념은 몇 점인가요? 재테크의 길은 멀고도 험하지만 일주일에 얼마나 지출하는지점검하는 것부터 시작해봐요.

	월	화	수
합계			
주거비			
식비(외식 포함)			
생활용품			
교통비			
통신비			
재테크			
문화생활비			
의류/미용			
의료비			
경조사비			
기타1(커피값)			
기타2( )			
기타3( )			

지출이
많은 항목은 따로
관리하자

특정 품목에 유독 지출이 많다면 따로 항목을 만들어 관리해보세요. 줄리와 유지는 나란히 커피값에 많은 돈을 쓰고 있었어요.

목	금	토	일

커피 지출이 심하다. 카페에서 마시지 말고
원두커피나 스틱커피를 이용해야겠다 _줄리&유지의 다짐

소비 패턴 점검

나의 월평균 수입은?

▶▶▶

고정 지출 항목과 가장 큰 지출 항목은?

▶▶▶

나의 체크카드, 신용카드 개수는?

▶▶▶

정기적으로 저축하고 있나요?

▶▶▶

나만의 재테크 상품이 있나요?

▶▶▶

나의 절약 다짐

▶▶▶

가족끼리 왜 이래

서로에게 휴식 같은 존재이면서도 때론 원수 같은 가족. 나의 뿌리를
거슬러 올라가봐요. 내가 누군지 더 잘 알게 됩니다.

내가 사랑하는 사람

애인이 있다면 그에 대해서, 없다면 곧 나타날 그에 대해서!

이름

나이

키

몸무게

사는 곳

학교 or 회사

취미

특기

좋아하는 음식

좋아하는 영화

좋아하는 음악

나와 비슷한 부분

나와 다른 부분

사랑은, 서로에게 물들어가는 것

나를 변화시킨 사람들

어릴 때부터 지금까지 나에게 큰 영향을 준 사람들을 생각해봐요.
그때는 미처 몰랐지만, 그 사람이 아니었다면 지금 전혀 다른 인생을
살고 있을 수도 있어요.

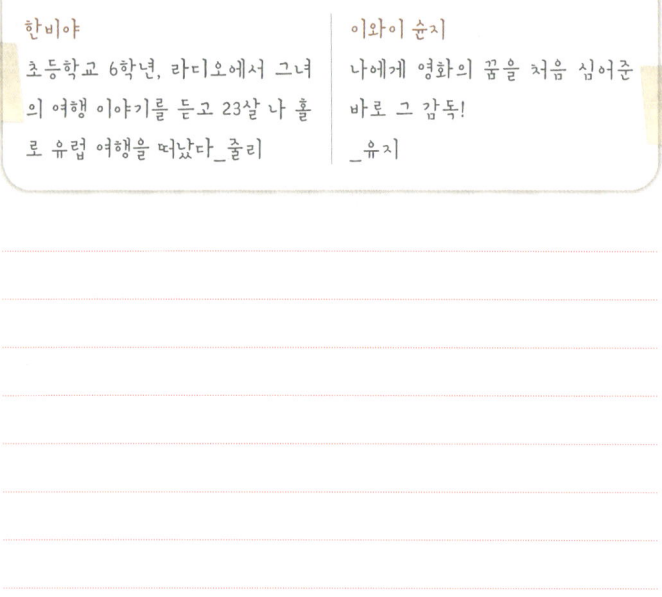

> 한비야
> 초등학교 6학년, 라디오에서 그녀
> 의 여행 이야기를 듣고 23살 나 홀
> 로 유럽 여행을 떠났다_줄리

> 이와이 슌지
> 나에게 영화의 꿈을 처음 심어준
> 바로 그 감독!
> _유지

사람 셋만 모여도 그들에게 각자 배울 점이 있다

공자, 「논어」 中

나의 소울푸드

영혼까지 행복해지는 음식, 우울할 때 위로가 되는 음식이 있나요?

언제라도 파스타_유지

주말은 샐러드 기념일_줄리

* 소울푸드란?
먹는 이의 영혼을 감싸주는 음식을 뜻합니다.
사람들 각자 자신만이 간직하고 있는 아늑한 고향의
맛을 뜻하기도 합니다.

내가 숨쉬고 있는 곳을 여기에 담아봐요.
집, 학교, 회사… 어디든 좋습니다.

사람들은 몸과 마음의 평안을 얻기 위해
새로운 곳으로 훌쩍 떠나길 원하지만
오히려 익숙한 공간에서
진정한 평온함을 느낄 수 있다고 합니다.
행복으로 가는 길은 그리 멀지 않아요.

그림으로 남겨두기

사진으로 남겨두기

나를 내려놓기

강한 열망과 욕심은 나를 앞으로 나아가게 하는 것도 사실이지만 내 발목을 붙잡고 있는 경우가 더 많아요. 스스로를 괴롭히지 말고 마음의 짐이 되는 것은 살포시 내려두세요.

내려놓기

▶ 아침형 인간이 되고자 새벽 6시에 알람 맞추는 것을 내려두기

▶ 뭐든지 완벽하게 또는 남의 기준에 맞추려 애쓰지 않기

▶ 헤어진 그가 돌아올 것이라고 강한 긍정하지 않기

▶

▶

▶

▶

▶

▶

▶

▶

▶

▶

▶

버려야 할 것이
무엇인지를 아는 순간부터
나무는 가장 아름답게 불탄다

도종환, 「단풍 드는 날」 中

말할 수 없는 비밀이 있는지

누구에게도 말할 수 없는 비밀이 있다면 여기 적어보는 것은 어떨까요? 일단 용기 내 적어보고 후회가 되면 지워버리든, 찢어 없애버리든 하면 되잖아요!

어때요?
조금 후련해졌나요?
괜찮아요

모두 다 괜찮아요

나는 욕심이 많아서
혹은 생각이 앞서서
이러지도 저러지도 못한다.

그걸 진짜 좋아하는지도 모르면서
좋아한다고 믿고 달려간다.
이런 기질이 보통은
아주 좋은 영향력을 발휘하지만
내 맘대로 되지 않는 상황을 만나면,

'나는 내가 제일 어렵다'

어떤 옷이 너무 맘에 들지만
내 분위기와는 어울리지 않을 때.

간절히 원해 취직했지만
월요일 출근길이 너무 싫을 때.

그 사람을 정말 좋아하지만
서로 맞지 않을 때.
그런 때 말이다.

어쩌면 이것은 지극히 정상일 것이다.
그래서 나는 스스로를 객관적으로 보는
연습을 하기 시작했다.

내 진짜 고민을 마주하니 내가 보인다.
나란 사람이 점점 더 궁금해지기 시작한다.

나는 어떨 때 행복한 사람인지,
나는 얼마나 사랑스러운 사람인지,
내 꿈은 무엇인지.

이런 내가 점점 좋아지기 시작한다.

PART 04

드림 노트

DREAM: 꿈을 이루는 사소하지만 위대한 끄적거림

이젠 아무도 묻지 않는 질문

어린 시절 가장 많이 받는 질문은
'너는 꿈이 뭐니?'가 아닐까요.
그 질문에 답을 할 때마다 얼마나 많은 고민을 했는지 모릅니다.
답을 하면서도 몇 번씩 바꿔 말하기도 했죠.
하고 싶은 것이 너무 많았으니까요.

버스를 타면 버스 운전사가 되고 싶었고,
학교에 가면 선생님이 되고 싶었습니다.

지금 '너는 꿈이 뭐니?'라는 질문을
마지막으로 받았던 때를 떠올려봅니다.
내 꿈이 뭔지 신나게 말했던 어린 시절과는 달리,
씁쓸한 대화만 오갔던 기억이 납니다.
'꿈에 대한 질문이 언제부터 이렇게 무거운 이야기가 돼버렸을까요?

혹시 스스로에게 물어본 적은 있나요? 나의 꿈이 무엇인지.
이제 어린아이의 마음으로 질문하고 대답해봐요.

'너는 꿈이 뭐니?'

몰입의 즐거움

요즘 가장 많은 노력을 기울이고 있는 일은 무엇인가요?

▶▶▶

아무런 일도 하지 않았다면 상처도 없겠지만 성장도 없다
하지만 뭔가 하게 되면 나는 어떤 식으로든 성장한다
심지어 시도했으나 무엇도 제대로 해내지 못했을 때조차도 성장한다

김연수, 「소설가의 일」中

나의 꿈 변천사

어릴 적 꿈을 이뤘나요? 아니면 아직 현재 진행형인가요?
꿈은 거창한 것이 아닙니다. 시시때때로 변하기도 하죠. 미래의 나는
어떤 꿈을 꿀지 미리 상상해봐요.

> **줄리의 꿈**
> 열세 살 때는 멋진 커리어우먼이 되고 싶었는데 지금은 일과 삶의 균형을 맞추는 게 꿈이다.
>
> **유지의 꿈**
> 좋아하는 일을 잘해서 행복하고 싶다. 좋아하는 사람들과 함께한다면 그게 바로 천국이 아닐까?

어린 시절 나의 꿈은?

▶▶▶

현재 나의 꿈은?

▶▶▶

10년 후엔 어떤 꿈을 꾸게 될까?

▶▶▶

10년 후의 나는 어떤 모습일까?

▶▶▶

원하는 모습으로 살기 위해서 나는 무엇을, 어떻게 해야 할까?

▶▶▶

가치 있는 것에 대해 결코 늦은 때는 없단다
시간의 제약은 없어, 네가 원할 때 시작하렴
넌 변할 수도 머무를 수도 있단다

영화 〈벤자민 버튼의 시간은 거꾸로 간다〉 中

꿈을 이루는 평생 공부 리스트

5천 년 동안 인류가 가장 사랑한 취미는 사냥, 그리고 '공부'라고 해요. 취미로 배운 무언가에 빠져 직업으로 만드는 사람들도 여럿 있는 걸 보면 역시 배우는 게 남는 것인가 봅니다.

줄리
성인 발레로 더 근사한 몸 만들기
다양한 분야의 세미나에 참석하기
피아노 배우기

유지
영어로 자유로운 의사소통하기
매주 슬로 리딩 독서클럽 참석하기
바다 수영을 위한 수영 초급반 등록

꿈을 이루는 습관

'21일의 법칙'을 아시나요? 일단 결심했다면 3일이 아니라 21일은 실행해야 습관이 된다고 해요. 너무 무리한 계획은 금물! 사소하고 쉬운 계획부터 세워봐요.

고치고 싶은 습관	새로 만들고 싶은 습관
• 비뚤어진 자세	• 모델처럼 당당히 걷기
• 자주 SNS를 확인하는 것	• 규칙적인 기상 시간
•	•
•	•
•	•
•	•
•	•
•	•

습관이란 인간으로 하여금 어떤 일이든지 하게 만든다

도스토예프스키|Dostoevskii

삶의 마지막 순간까지 꿈꾸는 버킷 리스트

버킷 리스트는 죽기 전에 꼭 해야 할 일이나 하고 싶은 일에 대한 목록을 말합니다. 상상은 자유! 그 어떤 것도 좋아요.

버킷 리스트	Check	Date
1.	☐	
2.	☐	
3.	☐	
4.	☐	
5.	☐	
6.	☐	
7.	☐	
8.	☐	
9.	☐	
10.	☐	

리스트 중 실행한 것에는 체크 표시를 하고 잊지 않도록 날짜도 적어 두세요!

꼭 한번 만나고 싶다

책, 신문, TV 등을 통해 알게 된 인물 중 직접 만나보고 싶은 사람이 있나요? 염원하면 신기하게도 언젠가 인연으로 맺어질 수 있답니다. 정말 그렇다니까요!

이름	이유

결국은 해피 엔딩

현실이 힘들어도 꿈이 있으면 버틸 수 있어요. 반대로 버티다보면 꿈이 이루어지기도 합니다. 오늘을 버티게 하는 힘은 무엇인가요?

줄리를 버티게 하는 힘

1. 적금

2. 학비 대출

3. 안부를 묻는 그의 카톡

4. 저녁 요가 시간

5. 회사 주변 맛집 탐방

유지를 버티게 하는 힘

1. 감사 노트 쓰기

2. 동기들과의 SNS 단톡방

3. 카드 할부

4. 해외여행

5. 꿈에 한발 더 나아간다는 믿음

1.

2.

3.

4.

5.

우리는 목적지에 닿아야 행복해지는 것이 아니라

여행하는 과정에서 행복을 느낀다

앤드류 매튜스Andrew Matthews

나의 롤모델

불안한 세상 속에서 앞날을 이끌어주는 멘토 같은 존재가 있다면 힘이 됩니다. 나와 아는 사이가 아니더라도 살아가는 방식을 닮고 싶다면 누구나 롤모델이 될 수 있어요. 심지어 실제 인물이 아닌 영화나 소설 속 주인공도 좋습니다.

롤모델을 묘사해봅시다

사진을 붙여도 좋아요

꼭 닮고 싶은 점은 무엇인가요?

소중한 사랑과 함께 하고 싶은 것

'괜찮아?'라고 넌지시 물어봐주는 사람 덕분에 하루를 버틸 때도 있어
요. 내 곁의 소중한 사람들에게 고마움을 전하는 일을 잊지 마세요.

나에게 그 사람은 어떤 의미인가요?

▶

그 사람과 함께 하고 싶은 일은?

▶

나에게 그 사람은 어떤 의미인가요?

▶

그 사람과 함께 하고 싶은 일은?

▶

나니까 가능한 것들

힘든 상황에서 나만의 기지를 발휘해 무사히 넘긴 적이 있을 겁니다. 바로 '나'이기 때문에 돌파할 수 있는 거예요!

당시 어떤 상황이었나?

어떻게 그 상황을 극복했나?

트로피에 상 이름을 직접 적고
스스로에게 선물하세요!

나의 아름다운 가게

언젠가 나의 경험과 감각을 그대로 담은 '내 가게'를 하겠다는 꿈.
여기에 미리, 맘껏 펼쳐보세요!

어디에, 어떤 가게를 열고 싶은가?

미리 지어보는 가게 이름

내 가게의 손님들은 어떤 사람들일까?

어떤 사람들과 함께 일하고 싶은가?

내가 꿈꾸는 가게의 모습을 그려봅시다.

내일 더 행복할 나를 칭찬하기

나에게는 '견딜 수 있는 것 이상을 견디는 눈부심'이 있다는 것을 명심하세요! 지금 무언가를 이루기 위해 참고, 노력하고 있다면 언젠가는 분명히 해낼 겁니다. 원하는 것을 모두 이룬 미래의 나를 상상하며 스스로 칭찬해보세요.

1. 꾹 참고 머리 기른 것

2. 남자친구와 싸우고 연락 안 하다가 결국 화해한 것

3. 아빠 차 빌려 타고 다닌 것

   아빠한테 조금 죄송하지만, 아직 내 차를 지를 때가 아니다!

4. 창업하지 않은 것

   '지금이 아니면 언제?'라는 말에 현혹되지 않았다!

5. 내 이름 석 자로 책을 냈다

6. 만남을 소중하게 생각한 것

7. 친구와의 약속을 귀찮다는 이유로 취소하지 않았다!

8. 배우고 싶은 강좌를 빠지지 않고 수강한 것

당신은 칭찬받아 마땅한 사람!

신이 있다고 믿나요?

그렇다면 하고 싶은 말을 편지로 띄워보세요.

Dear, God

잘 자, 좋은 꿈꿔

좋은 꿈을 꾸고 난 다음날은 기분이 참 좋죠. 잠들기 전에 꿈속에서
누구를 만나고 싶은지, 무엇을 하고 싶은지 적어보세요. 그리고 눈을
감고 상상해봅시다.

줄리의 꿈

나는 오늘밤 가족, 친구들과
몰디브에 있는 레고로 만들어진
풀빌라에 여행을 갈 것이다

유지의 꿈

나는 오늘밤 사랑하는 이와
끝없이 펼쳐진 해변에 누워
햇살을 만끽할 것이다

나의 꿈

나의 꿈

....

....

자연이 우리에게 준 가장 큰 은총은 잠이다!

올더스 헉슬리Aldous Huxley

나의 꿈

....

....

나의 꿈

....

....

나, 우리의 청춘 기록장

매일 버티고, 아파도 참아야 한다는 요즘입니다. '힐링'이라는 가면을 쓴 마음 도둑들이 도처에 깔려 있기도 하고요. 무언가 하고 싶어도 자의 반, 타의 반으로 할 수 없게 되는 일도 많습니다. 그 틈을 노리고 절망이 말을 걸어옵니다. 그럴 때마다 '고민'을 통해 내가 보였고 꿈이 보였고 미래가 보였다는 걸 알게 되었습니다. 이 책을 통해 자신의 말간 민낯을 마주하는 시간이 되었길 바랍니다.

이 책이 나오기까지 기회를 주신 이콘출판 김승욱 대표님, 탁월한 감각의 소유자 한지완 에디터, 페이지마다 소녀감성을 담아주신 백주영 디자이너, 김이정 디자이너, 흔쾌히 그림 사용을 허락해주신 토마 작가님과 애니북스 관계자분들께 감사 드립니다.
마지막으로 함께 작업한 유지 씨와 저의 삶을 응원해주신 가족, 친구들께 감사의 말을 전합니다.

2015년 5월

몸은 파주, 마음은 영국에 있는 줄리

당신과 함께 하는 매 순간을 하나라도 잃고 싶지 않아서
매일 밤 꽉 채워 적어가던 일기장들,
전하지 않고는 참지 못하겠어서 써내려간 당신을 위한 편지들이
저로 하여금 이 책을 만들게 한 거 같습니다.

무언가를 기록한다는 것은 특별한 일입니다.
당신의 한 조각을 이 책에 나누어주셔서 정말 감사합니다.

2015년 5월

기다림의 의미를 깨닫고 있는 유지

고민의 발견
My First Diary Book

초판 인쇄   2015년 5월 26일
초판 발행   2015년 5월 31일

지은이   줄리 앤 유지
펴낸이   김승욱
편집   한지완 김승관
디자인   김이정 백주영
마케팅   방미연 이지현 함유지
홍보   김희숙 김상만 한수진 이천희
제작   강신은 김동욱 임현식

펴낸곳   이콘출판(주)
출판등록   2003년 3월 12일 제406-2003-059호

주소   413-120 경기도 파주시 회동길 216 2층
전자우편   book@econbook.com
전화   031-955-7979
팩스   031-955-8855

ISBN   978-89-97453-51-1 13810

이 도서의 국립중앙도서관 출판예정도서목록(CIP)은 서지정보유통지원시스템 홈페이지
(http://seoji.nl.go.kr)와 국가자료공동목록시스템(http://www.nl.go.kr/kolisnet)에서 이
용하실 수 있습니다. (CIP제어번호: CIP2015014114)